ANSHUMAN KRIT
brahmayam

Dimensions de l'êtrehumain

Translated to French from the English version of

Anshuman krit Brahmayam

Co-auteur - Aryama Srivastav

Éditrice – Dr. Manorama Srivastav

Ukiyoto Publishing

All global publishing rights are held by

Ukiyoto Publishing

Published in 2024

Content Copyright © Anshuman Srivastav

ISBN 9789360490102

All rights reserved.
No part of this publication may be reproduced, transmitted, or stored in a retrieval system, in any form by any means, electronic, mechanical, photocopying, recording or otherwise, without the prior permission of the publisher.

The moral rights of the author have been asserted.

This is a work of fiction. Names, characters, businesses, places, events, locales, and incidents are either the products of the author's imagination or used in a fictitious manner. Any resemblance to actual persons, living or dead, or actual events is purely coincidental.

This book is sold subject to the condition that it shall not by way of trade or otherwise, be lent, resold, hired out or otherwise circulated, without the publisher's prior consent, in any form of binding or cover other than that in which it is published.

www.ukiyoto.com

DÉDICACE

Samarth Guru
Dr. Chaturbhuj Sahay Ji

इतिहास रात दिन
History is one
गतिशील कलंकित
sided exposed
चंद्रमा की भांति
like a tarnished
एक पक्षीय उजागर
moon moving
होता है और स्वयं
day-night and
को दोहराता है ।
repeats itself .

PRÉFACE

बौद्ध मुद्राओं से लेकर ईसा तक आर्य—अनार्य , वेद—उपनिषद , पुराण , शास्त्र से उपवेद , संहिता, सूत्र, स्मृति तक, रामायण— महाभारत से गीता— रामचरितमानस , धर्म — अधर्म से पाप — पुण्य और प्रायश्चित तक ।

Des postures bouddhistes au Christ, aryen et non-aryen, Veda, Upanishad, Purana, Shastra, Upaveda, Samhita, Sutra, Smriti, Ramayana - Mahabharata, Geeta-Ramacharitmanas Religieux – Non religieux au péché – Vertus et Expiation.

प्रमाण्यबुद्धिर्वेदेषु साधनानामनेकता।
उपास्यानामनियमः एतद् धर्मस्य लक्षणम्॥

वेदों में प्रामाण्य बुद्धि, साधना के स्वरुप में विविधता, और उपास्यरुप संबंध में नियमन ये ही धर्म के लक्षण हैं ।

Sagesse authentique dans les Vedas, diversité dans la forme de pratique spirituelle et la régulation sous forme de culte - ce sont lescaractéristiques de la religion.

धर्म संस्कृत भाषा का शब्द, जोकि धारण करने वाली 'धृ' धातु से बना है। "धार्यते इति धर्म:" अर्थात जो धारण किया जाए , वह धर्म है ।

Dharmá est un mot sanskrit dérivé de la racine dhre, qui signifie tenir. "Dharyate iti Dharma" signifie que ce qui doit être possédé est le dharma.

अत: स्वीकार्यता – अस्वीकार्यता तथा आग्रह – निग्रह ही सार है। ब्रह्म – अंड , पिंड, ब्रह्मांड, ऊर्जा , तत्व, ध्वनि , प्रकाश से साकार और निराकार अस्तित्व – क्या, क्यों और कैसे ? यह सभी अध्यात्म और विज्ञान के विषय हैं।

Par conséquent, l'acceptation – la non-acceptation, l'insistance et la retenue sont l'essence même. Brahma - Annd (œuf), Pinnd (corps), Brahmand (univers), élément, son, lumière, énergie jusqu'à l'existence corporelle et sans forme - quoi, pourquoi et comment ? Ce sont tous des sujets de spiritualité et de science.

जिसे समझने के लिए पहले प्रकृति को समझना होगा। सृष्टि चक्र में व्याप्त विरोधाभासी द्वैत – अद्वैत को समझना होगा। प्रकाश – अंधकार , जीवन – मृत्यु को समझना होगा । धरती गोल है, चौकोर है, संतरे जैसी है और सूर्य धरती की परिक्रमा करता है, जब कि धरती के मानक स्वरूप और गति की वैज्ञानिक व्याख्या जो कि आदि परिकल्पनाओं से भिन्न है। वह सब जानना करना होगा , जिसे हम विज्ञान कहते हैं। स्वयं को जानना समझना होगा, जिसे हम आध्यात्म कहते हैं।

Pour comprendre lequel, il faut d'abord comprendre la nature. il faut comprendre les contradictions dvait-advait qui prévalent dans le cycle du monde. La lumière et les ténèbres, la vie et la mort doivent être comprises. La Terre est ronde, carrée, comme une orange et le soleil tourne autour de la terre, bien que l'explication scientifique de la forme et du mouvement standard de la terre soit différente des hypothèses primitives. Tout cela doit être fait, ce que nous appelons la science. Pour nous connaître, nous devons comprendre ce que nous appelons spirituel.

बीता समय कभी लौट कर नहीं आता।
Le temps passé ne revient jamais.

ईसा पूर्व छठवीं शताब्दी, जब संपूर्ण विश्व में धर्म स्वरूप को लेकर मानवता उद्वेलित थी । ऐसे में बोधिसत्वों की परंपरा से 28वें बुद्ध सिद्धार्थ की वाणी से आर्यावर्त मुखर हो उठा।

6ème siècle avant JC, lorsque l'humanité a agité la forme de religion dans le monde entier. Dans une telle situation, selon la tradition des bodhisattvas, Aryavarta est devenu vocal dès le discours du 28ème Bouddha " Siddhartha " .

गौतम बुद्ध ने मंत्र स्वरूप बुद्धम् शरणम् गच्छामि, संघम् शरणम् गच्छामि, धम्मं शरणम् गच्छामि तीन धर्म सूत्र दिए और उपदेश किया। उपरांत धर्म सूत्रों के आधार पर धम्म के मर्म से अनेक सुधार प्रमुख प्रकार से सत , रज, तम मूल गुण रूपों से प्रगट होते आए हैं । संसार की रचना गुणों के ही आधार पर हुई है।

Gautam Bouddha a prêché trois Dharmasutras sous forme de mantras, Buddham Sharanam Gachhami, Sangham Sharanam Gachhami, Dhammam Sharanam Gachhami. Après cela, sur la base de ces Sutras du Dharma, de nombreuses réformes se manifestent à partir du cœur du Dhamma, principalement sous la forme de Sat, Raj et Tam. Le monde a été créé uniquement sur la base de ces qualités.

यह सत, रज और तम तीन गुण प्रत्येक जीव संरचना में प्रभाव दिखाते हैं। मनुष्यों में सतोगुणी प्रभाव शांति, आनंद, प्रकाश और ज्ञान अर्पण करता है। रजोगुण अंतः करण को अशांत और चंचल बनाता है। तमोगुण सुस्ती काहिली और अज्ञान देता है ।

Sat, Raj et Tam, ces trois gunas (qualités) ont un effet sur la structure de chaqueorganisme. Sat confère la vertu, la paix, la béatitude, la lumière et la connaissance ;l'effet Raj chez l'homme rend la conscience agitée et inconstante et Tam donne la léthargie, la paresse et l'ignorance.

किसी भी वस्तु के अंदर इन तीन गुणों का आभाव किसी भी काल में नहीं होता, यह सृष्टि का नियम है। केवल इन में प्रतिशत विषमता आती है एवं कोई एक गुण ही प्रधान लक्षणित होता है। इन गुणों की विषमता को साधना से दूर कर के इन्हें अपने अंदर समता में करने वाले अभ्यासी साधक जीवनमुक्त माने जाते हैं । इन गुणों की साम्यावस्था ही त्रिगुणातीत कैवल्य पद कहलाती है।

Il n'y a pas d'absence de ces trois qualités à l'intérieur d'un objet, à quelque moment que cesoit. C'est la loi de la création. Il n'y a qu'unpourcentage de disparité dans cesqualités et uneseulequalitéest la caractéristiqueprincipale. Les pratiquants qui éliminent la disparité de cesqualités dans la méditation et les mettent sur un pied d'égalitéeneux - mêmessont considéréscommelibérés dans la vie. L'équanimité de cesqualitésestappelée "Trigunateet Kaivalya Pada".

यह मन, शरीर और आत्मा के बीच की एक ऐसी कड़ी है कि जिसे साध लेने पर सभी कुछ हो सकता है। जिस ने एकाग्रता के साथ मानसिक शक्तियों पर अधिकार कर लिया हो, उन सिद्ध

शक्तियों का भौतिक संसारी कार्यों में व्यर्थ दुरूपयोग ना करता हो, जो इस संसार को ईश्वरमय देखता हो । हर समय, हर पल सर्वदा उस परम शक्ति परमात्मा की इच्छा से जुड़ा जानता हो व पूर्ण समर्पित हो सभी से प्रेम निष्ठा रखता हुआ अपनी असलियत न भूलता हो। ऐसे विवेकी मनुष्य के लिए आध्यात्मिक आनंद ही लक्ष्य होता है और वह इसे नहीं छोड़ता है। यही आत्मसिद्धि कहलाती है । ऐसा मनुष्य ही आत्मदर्शन का अधिकारी होता है। शांति और आनंद जो आत्मा के पास है, मन और शरीर से इसका कोई संबंध नहीं है।

Cet esprit est un tel lien entre le corps et l'âme que tout peut être fait s'il est maîtrisé. Celui qui a maîtrisé les pouvoirs mentaux avec concentration, n'abuse pas de ces pouvoirs éprouvés dans les œuvres matérialistes du monde, qui voit ce monde comme divin ; À tout moment, à chaque instant, il sait toujours que tout est lié à la volonté de ce pouvoir suprême, Dieu, et est entièrement dévoué. Gardez l'amour et la loyauté envers tous, n'oubliez pas la réalité. Pour un tel sage, le bonheur spirituel est le but et il ne

l'abandonne pas. C'est ce qu'on appelle la réalisation de soi. Seule une telle personne a droit à la réalisation de soi. La paix et la joie de l'âme n'ont rien à voir avec l'esprit et le corps.

सर्व व्यापी ब्रह्म, ज्ञात – अज्ञात, शेष – अनंत, अगम–अगोचर है, जिसे जानना तीसरे नेत्र– ज्ञानचक्षु, दिव्य – दृष्टि, आत्म – ज्ञान, से ही संभव है तथा सभी को इस प्रकार से जानने वाले त्रिनेत्र को आत्म ज्ञानी कहते हैं ।

Le Brahm omniprésent est le connu - l'inconnu, le restant - l'infini - le non récupérable - l'invisible, qui ne peut être connu qu'à travers le troisième œil (gyanchakshu), la vision divine de l'illumination et le Trinetra qui sait tout de cette manière. . est appelé éclairé.

सभी प्राणियों में स्व सीमांकित और उन्नत यह मानव जीवन परमेश्वर की अद्भुत कृति है। इतनी अद्भुत कि जरा सी नासमझी में वह स्वयं को ईश्वर समझ बैठता। है। अद्भुत इसलिए की शक्ति सामर्थ में आपार निहित ऊर्जा का धारक है। कुछ इस प्रकार की इसकी अधिकांश शक्ति सुप्तप्राय ही रहती है, जिसका विकास प्राकट्य प्रक्रियागत रहता

है। किन्हीं विशेष परिस्थितियों में इसका स्वतः जागृत होना आश्चर्यजनक है। समस्या यह है कि मानव स्वमूल्यांकन करने में चूकता है।

Cette vie humaine est auto-délimitée et avancée parmi toutes les créatures. Une merveilleuse création de Dieu. Tellement merveilleux que, dans un petit malentendu, il se considère comme Dieu. Merveilleux car le pouvoir (Shakti) est porteur d'une immense énergie. La majeure partie de sa puissance reste ainsi à moitié éveillée, dont le développement est un processus de manifestation. Il est surprenant qu'il se réveille automatiquement dans certaines circonstances particulières. Le problème est que l'humain ne parvient pas à s'évaluer.

बिना किसी प्रत्यक्षदर्शी माध्यम के जानना तो दूर स्वयं को समग्रता से देख तक नहीं सकता। आश्चर्यजनक यह है कि प्रत्यक्ष पर यदि दृष्टि एकाग्र हो गई तो वही अंतर्निहित शक्ति जागृत, विकसित – क्रियाशील हो जगत में स्वयं को एक पहचान देती है। बाह्य प्रक्रिया में खाना – पीना,

खेलना – कूदना संध्या और ध्यान अर्थात ज्ञान व आनंद प्रकार से भोग का संतुलन – साधना , आंतरिक रूप से परमानंद अर्थार्थ से स्थूल– अहंकार से सूक्ष्म–अहं को प्रस्तुत होना ही जीवन उत्कर्ष है ।

Sans aucun support de spectateur direct, et encore moins sans connaissance, ils ne peuvent même pas se voir pleinement. Ce qui est surprenant, c'est que si la vision est dirigée directement vers l'avant, alors le même pouvoir inhérent s'éveille, se développe, devient actif et se donne une identité dans le monde. Dans le processus externe, manger, boire, jouer, sauter, prier le soir et méditer, c'est-à-dire l'équilibre du plaisir sous forme de connaissance et de plaisir, en interne, présenter le bonheur de l'ego grossier à l'ego subtil est le point culminant de la vie.

जरा सोचिए स्वयं के बारे में आप हैं कौन ! संपूर्ण सत्य पहचान क्या है ? ऐसे में गुरु शिष्य परंपरा ही श्रेष्ठ मात्र विकल्प है, जान सकने का अन्यथा सारा जीवन उथल–पुथल का शिकार होकर रह जाता है। परम सौभाग्य से समर्थ सदगुरू की शरण जो मिल पाए , पूर्ण समर्पण यही आवश्यक कर्तव्य है, खेल – खोज है!

Pensez simplement à vous, qui êtes-vous !
Quelle est la véritable identité complète ?
Dans une telle situation, la tradition du
disciple-gourou est la seule meilleure
option à connaître, sinon la vie entière
devient une victime de troubles. Par la
plus grande chance, celui qui est capable
de trouver l'abri du capable (samarth)
Sadguru le devoir essentiel est l'abandon
complet, c'est le jeu et la recherche !

INDEX

PRÉFACE	6
CHAKRA SUDARSHAN	20
DWAIT	38
BRAHMAYAM	48
NUMEROLOGY	60
SAT KAAM	68
DHYAN	76
NAGAR CHAUPAL	84
LA CHITRA	91
A PROPOS DE L'AUTEUR	108

Répandons la foi, Pas la superstition !

www.astrowrit.com

Notre expertise

| Career Suggestions | Lucky Gems Once In Lifetime | Anshuman's Saral Vastu Gyan |

मनुष्य जो अपना
Man, who is
उल्टा प्रतिबिंब
enchanted by seeing
दर्पण में देख
his reverse reflestion
आत्ममुग्ध होता है
in the mirror; Even
सीधी तरह जुड़ी
his shadow directly
उसकी परछाईं भी
attached to him,
बुरे समय में साथ
Leaves his side in
छोड़ देती है ।
bad times.

Chakra Sudarshan

यह जीवन—चक्र की सुंदर और कल्याणकारी व्याख्या है। गोलाकार अथवा वलयाकार घूर्णन गति ही संपूर्ण सृष्टि का आधार रहस्य है। ग्रह, नक्षत्र, तारे, यहां तक कि संपूर्ण ब्रह्मांड अपनी – अपनी कक्षाओं में अथवा अक्षों पर वालयाकार व घूर्णन गति करते हैं। कुछ आपस में नजदीक आ रहे होते हैं। साथ ही कुछ दूर जा रहे होते हैं। कुछ नष्ट हो रहे होते हैं, तो कुछ नए सृजित हो रहे होते हैं। लघु से विराट अर्थात अणु परमाणु से ब्रह्मांड तक यह क्रिया ही घटित हो रही है।

Il s'agit d'une belle interprétation du cycle de la vie, empreinte de bien-être. La rotation sphériqueouelliptiqueest le secret de base de l'univers tout entier. Les planètes, les constellations, les étoiles et mêmel'univers tout entier se déplacent sur leursorbitesrespectivesou sur des axes dans un mouvementcirculaire et rotatif. Certaines se rapprochent les unes des autres, d'autress'enéloignent.

Certainessontdétruites et **d'autressontcréées. Cette action se produit du plus petit au plus grand, c'est-à-dire de l'atome à l'univers.**

सृष्टि की रचना से पूर्व चैतन्य ब्रह्म आनंद की निद्रा में था। इस जगत के सारे तत्व परमाणु छिन्न–भिन्न और रुके बिखरे भरे पड़े हुए थे। अंधकार सा छाया हुआ था । आदि ब्रह्म की चेतना जगी और उसके अंदर सृष्टि की रचना का विचार उठा । इस कल्पना शक्ति ने बाहर निकलकर तत्व परमाणुओं को ठोकर से चलायमान कर दिया जो गोलाकार घूमने लगे । तत्व परमाणुओं के आपसी घर्षण से एक घनघोर शब्द उत्पन्न होने लगा तथा स्वर्णमयी तेजयुक्त अग्नि उत्पन्न हुई । यह पहली ध्वनि थी और सृष्टि का निर्माण प्रारंभ हुआ। इस आदि शब्द ने सृष्टि को प्राण व जीवन दिया , इसे प्रणव कहा गया । ऋषियों ने समाधि स्थित होकर इस ध्वनि को सुना जो ध्वनियात्मक शब्द (ओ) से ईश्वर वाचक ॐ पुकारा गया । इस प्रकार प्रणव ॐ कहलाया, मुख्य नाम हुआ और दिव्य तेज मुख्य रुप हुआ । इस तरह नाम और रुप दोनो प्रकट हुए ।

Avant la création de l'univers, Chaitanya Brahm était dans un sommeil de bonheur.

Tous les éléments et atomes de ce monde étaient dispersés. C'était comme l'obscurité ; La conscience d'Adi Brahma s'est réveillée et l'idée de la création de l'univers est née en lui. Ce pouvoir d'imagination s'est manifesté et a fait bouger les éléments et les atomes avec fracas, qui ont commencé à se déplacer en cercle. En raison du frottement mutuel des éléments et des atomes, un bruit de tonnerre et une flamme aux reflets dorés ont commencé à apparaître. Ce fut le premier son et la création de l'univers commença. Ce mot originel donnait âme et vie à l'univers, il s'appelait Pranav. Les Rishis, en transe, entendirent ce son qui fut appelé " le divin Om" par le mot phonétique (O). Ainsi, Pranav s'appelait Om, il devint le nom principal et la lumière divine devint la figure principale. C'est ainsi qu'apparaissent le nom et le chiffre.

मान्यता अनुसार आदि ब्रह्म, परम ब्रह्म असंख्य ब्रह्मांड का स्वामी है, पार ब्रह्म 7 संख ब्रह्मांड का स्वामी है , काल ब्रह्म 21 ब्रह्मांड का स्वामी है |

ब्रह्म सृजनकर्ता है, ब्रह्म की अवस्था 4 चरणों में बताई जाती है तथा जो अंतर्निहित है 'अहम् ब्रह्मास्मि' (स्वयं) । यह ब्रह्मांड, आकाशगंगा, सौरमंडल, धरती, पंचतत्व आदि सभी कुछ इस धरती पर जीवन रूप से हम मानवों को उत्पन्न करने के लिए ही हैं। मनुष्य ईश्वर की सर्वश्रेष्ठ संतान है।

Selon la croyance, Aadi Brahm, Param Brahm est le maître d'innombrables univers, Par Brahm est le maître de 700 quadrillions (7 Sankh) d'univers, Kaal Brahm est le maître de 21 univers. Brahm est le créateur, l'état de Brahm est raconté en 4 étapes et est inhérent à "Aham Brahmasmi" en lui-même. Cet univers, la galaxie, le système solaire, la terre, les cinq éléments de base, etc. ne sont là que pour générer les humains en tant que formes de vie sur cette terre. L'homme est le meilleur enfant de Dieu.

मनुष्य का शरीर भी एक छोटा ब्रह्मांड ही है। इस ब्रम्हांड में जितना कुछ है उसका बिंब मनुष्य शरीर में आया है। इसलिए वहां उसे ब्रह्म – अण्ड और यहां इसे पिंड – अण्ड कहते हैं।

मानव शरीर में आंखों से ऊपरी भाग शारीरिक ब्रह्मांड तथा नीचे गर्दन से पिंड भाग जाना जाता है। सृष्टि के तीन भेद – कारण, सूक्ष्म और स्थूल, प्रकार से वर्णित है। सबसे ऊंचे स्थान में कारण तथा महा कारण से दो भेद हैं। इसी तरह सबसे निचले स्थान स्थूल में भी दो भेद होते हैं एवं मध्य में सूक्ष्म का स्थान होता है। सूक्ष्म, कारण और महा कारण के स्थानों का बिंब मस्तिष्क में आया है और स्थूल चक्रों का बिंब पिंड में पाया है। सब मिलाकर छह चक्र स्थूल के माने जाते हैं, जिन्हें षट्चक्र नाम से जाना जाता है ।

Le corps humain est aussi un petit univers. L'image de tout ce qui existe dans cet univers a été retrouvée dans le corps humain. C'est pourquoi on l'appelle Brahm-Anda et ici Pind Anda. Dans le corps humain, la partie supérieure des yeux est connue sous le nom d'univers physique et la partie inférieure du cou est connue sous le nom de partie pincée. Les trois distinctions de la création – les causes, le subtil et le grossier – sont décrites de différentes manières. Il y a deux différences entre la cause et la grande cause au plus haut niveau.

De même, il y a deux différences dans l'endroit le plus bas, le plus grossier, et au milieu, il y a l'endroit subtil. L'image des lieux subtils, de la cause et de la grande cause est apparue dans le cerveau et l'image des chakras bruts s'est retrouvée dans le corps. Un total de six chakras sont considérés comme grossiers et sont connus sous le nom de
Shatchakra.

मूलाधार – इसके अधिष्ठाता देव गणेश तथा अधिष्ठात्री देवी डाकिनी जानी जाती हैं।

Chakra racine - La divinité qui le présideest le dieu Ganesha et la déesse Dakini.

स्वाधिष्ठान – इस के अधिष्ठाता देव ब्रह्मा तथा अधिष्ठात्री देवी ब्राह्मी शक्ति मानी जाती है।

Chakra sacré - La divinité qui le présideestconsidéréecomme le dieu Brahma et la déesse Brahmi Shakti.

मणिपूरक – इस के अधिष्ठाता देव विष्णु तथा अधिष्ठात्री देवी वैष्णवी / लक्ष्मी मानी जाती हैं।

Chakra du plexus solaire - La divinité qui le présideestconsidéréecomme le Seigneur Vishnu et la Déesse Vaishnavi / Lakshmi.

अनाहत — इस के अधिष्ठाता देव शिव तथा अधिष्ठात्री देवी शैवी मानी जाती हैं।

Chakra du cœur - La divinité qui le présideest Shiva et Devi Shaivi.

विशुद्धि — इस के अधिष्ठाता देव सदाशिव तथा अधिष्ठात्री देवी दुर्गा / महामाया के नाम से जानी जाती है।

Chakra de la gorge - Sa divinitéprésidenteestconnue sous le nom de Sadashiv et de la déesse Durga / Mahamaya.

छठवां आज्ञा चक्र, यह स्थूल और सूक्ष्म का संधि स्थल है और इसी प्रकार स्थूल , सूक्ष्म व कारण के पाँच और छठवां संधि स्थल, कुल मिलाकर 18 और महा कारण के सद्— चित् —आनंद अर्थात ब्रह्म, पारब्रह्म व आदिब्रह्म को लेकर कुल 21 स्थान बताए गए हैं।

Sixièmement, le centre de la conscience (Agya Chakra), c'est la jonction du grossier et du subtil. De même, cinq des jonctionsgrossières, subtiles et causales, et la sixièmejonction, soit 18 au total ; et un total de 21 endroitsontétédécrits à propos du Sad-Chit-Anand de Mahakaran, c'est-à-dire Brahm, Parbrahm et Adibrahm.

मनुष्य शरीर के मस्तक में पहला स्थान आज्ञा चक्र का है । यह प्रथम स्थान है जहाँ से जीवात्मा 'पिंड' शरीर में उतरता है और जागृत अवस्था में इसी स्थान से व्यवहार करता है , यह स्थूल अहंकार है ।

Dans la tête du corps humain, la première place est occupée par l'Agya Chakra. C'est le premier endroit à partir duquel l'âme descend dans le corps et se comporte à partir de cet endroit à l'état de veille, c'est l'ego grossier.

दूसरा **सहस्त्रार** अर्थात सहस्त्रदल–कंवल है, जो मस्तक के बीचो–बीच अंदर की तरफ है। इसे सूक्ष्म भुवन, मनोमय कोश कहा गया है। वेदांत विज्ञानमय और आनंदमय दो कोश इससे आगे मानता है , संतमत अनुसार आठ असली और दो संधि स्थान कुल दस स्थान मानते है ।

Le second est le chakra couronne, qui signifie Sahastradal-Kavnal (zone aux nombreux lotus) et est situé au milieu de la tête, vers l'intérieur. Cela s'appelait Subtle Bhuvan, la gaine mentale. Le Vedanta considère deux gaines comme une gaine intellectuelle et une gaine de bonheur. Avant cela, selon le Santmat, huit parties réelles et deux carrefours sont considérés comme dix places au total.

इससे उपर मस्तिष्क में पीछे की तरफ त्रिकुटी है जो शीर्ष अर्थात चोटी के स्थान ब्रह्मरंध्र से मिली हुई उससे अलग और नीचे स्थित है, इसे विज्ञानमय कोश में कहा है। त्रिकुटी को ही तीसरी आंख अर्थात शिव नेत्र, ज्ञान नेत्र अथवा दिव्यदृष्टि कहते हैं। साधारण मनुष्यों में यह नेत्र बंद रहता है। जिस कारण उसे वस्तुओं का यथार्थ रूप नहीं दिखाई देता, ज्ञान अधूरा और शंका ग्रस्त रहता हैं। इस नेत्र के खुलते ही सूक्ष्म तत्व स्पष्ट दिखाई देने लगते हैं। शंकाओं का निवारण हो जाता है और वह निश्चयात्मक ज्ञान प्राप्त कर आगे निर्वाण क्षेत्र की ओर बढ़ जाता है तथा आत्मा का साक्षात्कार कर के मुक्ति पद लाभ प्राप्त करता है।

Au-dessus se trouve le chakra du troisième œil (Trikuti) à l'arrière du cerveau, qui est situé séparément sous le Brahmarandhra (la crevasse de Brah), le point culminant, appelé gaine intellectuelle. Trikutilui-est appelé le troisième œil, c'est-à-dire l'œil de Shiva, l'œil de la connaissance de la vision divine. Cet œil reste fermé chez l'homme ordinaire. C'est pourquoi il ne voit pas la vraie forme des choses, sa connaissance reste incomplète et il souffre de doutes. Dès que cet œil s'ouvre, les éléments subtils deviennent clairement visibles. Les doutes sont levés et l'homme avance vers le Nirvana après avoir acquis la connaissance de soi et obtenu le bénéfice de la libération en interrogeant l'âme.

जब शक्ति की धार रचना करने के लिए अपने निजधाम से नीचे उतरती है तो, वह इस ब्रह्मांड में 5 स्थानों पर ठहरती हुई और मंडल बनाती हुई आती है। यही पंचकोश बोले जाते हैं। इन पाँचो का साक्षात्कार करना उनकी शक्तियों को जागृत कर अधिकार में ले आना पंचाग्नि विद्या बोली जाती है। अग्नि से तात्पर्य आत्मा से लिया जाता है।

Lorsque le bord de Shakti descend de son Nijdham (Origine) pour créer, il arrive

dans cet univers en séjournant à 5 endroits et en réalisant des mandalas. Ceux-ci sont appelés Panchkosha ou les cinq gaines. En interviewant ces cinq personnes, en éveillant leurs pouvoirs et en les maîtrisant, on appelle Panchagni Vidya. Le sens du feu vient de l'âme.

प्रथम मंडल आनंदमय कोश जाना जाता है । जो सृष्टि के आरंभ से जुड़ा हुआ है। द्वितीय मंडल विज्ञानमय कोश कहा जाता है जहां , मैं हूं का अपना ज्ञान होता है। तृतीय मंडल मनोमय कोश कहा जाता है । यह विचार और विस्तार का स्थान हुआ। यहां मानसिक सृष्टि कही जाती है। विचार निश्चय से प्राण तत्व का उदय हुआ, जो चतुर्थ मडंल प्राणमय कोश कहलाता है। यहां चैतन्य प्राण में आत्मा जानी गयी और इससे आगे स्थूल तत्व अर्थात धूल का आवरण बना जो अन्नमय कोश कहलाया ।

Le premier mandala est connu sous le nom d'Anandmaya Kosha (gaine du bonheur), associé au début de la création. Le deuxième mandala est appelé Vigyanmaya Kosha (gaine intellectuelle), où il concerne la connaissance de l'être, "je suis".

Le troisième mandala s'appelle Manomaya Kosha (gaine mentale). C'est devenu un lieu de réflexion et d'expansion. Ici, cela s'appelle la création mentale. Des pensées et de la détermination, l'élément vital (âme) a émergé, appelé le quatrième mandal, Pranmaya Kosha (gaine de force vitale). Ici, l'âme se fait connaître dans le Prana vivant et, avant cela, l'élément grossier, c'est-à-dire la couche de poussière, appelé Annmaya Kosha (revêtement physique) a été formée.

इस प्रकार एक ब्रह्मांड की स्थापना हुई । प्रत्येक कोश में एक गुण और तत्व प्रधान होता है। अन्नमय कोश से अपने को उठाते हुए आनंदमय कोश के परे ले जाना योगसाधना कहलाता है । प्रत्येक कोश के साधन अलग हैं। प्राणमय का हठ योग, मनोमय का राज योग, विज्ञानमय का ज्ञान योग और आनंदमय कोश का प्रेम योग, समर्पण योग व आत्म योग भी कहा जाता है।

C'est ainsi qu'un univers a été créé. Chaque gaine possède une qualité et un élément prédominant.

S'élever au-delà de l'enveloppe physique jusqu'à l'enveloppe du bonheur s'appelle Yog Sadhna. Les ressources de chaque gaine sont différentes. Le Hatha Yoga de Pranmaya, le Raaj Yoga de Manomaya, le Gyan Yoga de Vigyanmaya, le Prema Yoga et le Samarpan Yoga, également appelés Atma Yoga, font partie de l'Anandmaya Kosha.

वैदिक मान्यता अनुसार इस धरती पर जीव जंतु वनस्पतियों के प्रकार से 8400000 योनियाँ बताई गई हैं। जोकि आधुनिक विज्ञान में 8.7 मिलियन – 7.4 मिलियन प्रकार से जाने गए हैं, जिसमें 1.3 मिलियन जो कि रूपांतरण श्रंखला में गिव एंड टेक अर्थात लेन–देन, बनते–मिटते रहते हैं। इन दोनों के मध्य आपस का नजदीकी अंतर जो लगभग समान है, बेहद महत्वपूर्ण हो जाता है । इसका कारण देश, काल परिस्थिति के अंतर्गत दोनों पद्धतियों के अपने–अपने मानकों का निर्धारण है।

Selon la croyance védique, 8 400 000 espèces de flore et de faune ont été décrites sur cette terre. Ces espèces sont connues dans la science moderne sous la forme de 8,7 millions à 7,4 millions de types, dont 1,3 million subsistent. Selon la croyance védique, 8 400 000 espèces de flore et de faune ont été décrites sur cette terre. La science moderne connaît ces espèces sous la forme de 8,7 millions à 7,4 millions de types, dont 1,3 millions continuent de se former et de disparaître dans la chaîne de conversion, de concessions mutuelles. La différence étroite entre ces deux types, presque identiques, devient extrêmement importante. La raison en est la détermination de leurs propres normes pour les deux méthodes en fonction du pays, de l'époque et de la situation.

यह सभी योनियाँ जीवन का अद्भुत विज्ञान है । यह सभी चरणबद्ध क्रमिक एक दूसरे से जुड़े हुए हैं अर्थात मानव अस्तित्व की उत्पत्ति परस्पर निर्भरता पर आधारित है । जिसका अध्ययन आधुनिक विज्ञान में भोजन चक्र, कार्बन चक्र, नाइट्रोजन चक्र ... आदि प्रकारों से किया जाता है। अंक शास्त्र में 1 से 10 के मध्य अंक 3 और 7 , जिनके शक्ति श्रृंखला तथा जीवन रहस्य की यही धारणा है । यही चक्रीय व्यवस्था जिसे हम जीवन चक्र कहते हैं , अर्थात चक्र सुदर्शन है ।

अंशुमान तालिका

मंडल	शरीर	दर्शन	गुण			तत्व	बल
			तम्	सत्	रज्		
आनंदमय कोश	आध्यात्मिक शरीर	परमात्मा / आत्मदर्शन	तम्	सत्	रज्	आकाश	आत्म बल
विज्ञानमय कोश	मानस शरीर	प्रकाशमय कारण दर्शन	तम्	सत्	रज्	वायु	ज्ञान बल
मनोमय कोश	सूक्ष्म शरीर	निज दर्शन	तम्	सत्	रज्	अग्नि	मनो बल
प्राणमय कोश	प्राणमय शरीर	छाया दर्शन	सत्	रज्	तम्	जल	प्राण बल
अन्नमय कोश	स्थूल शरीर	स्थूल दर्शन	सत्	रज्	तम्	पृथ्वी	देहिक बल

Anshuman Table

Sheath	Body / View		Quality	Element	Power
Bliss Sheath	Spiritual Body	Divine / Introspection	Tam / Sat / Raj	Sky	Soul Power
Wisdom Sheath	Mental body	Lightened Casual View	Tam / Sat / Raj	Air	Knowledge Power
Mental Sheath	Astral body	Self View	Tam / Raj / Sat	Fire	Morale Power
Life force Sheath	Etherial body	Shadow View	Sat / Raj / Tam	Water	Life Power
Physical Sheath	Physical body	Physical View	Sat / Raj / Tam	Earth	Physical Power

C'est la merveilleuse science de la vie de toutes les espèces. Toutes ces phases sont séquentiellement liées les unes aux autres, c'est-à-dire que l'origine de l'existence humaine est basée sur l'interdépendance, qui est étudiée dans la science moderne par les types cycles exemple cycle alimentaire, cycle du carbone, cycle de l'eau. cycle de l'azote...etc. Les nombres 3 et 7 de 1 à 10 en numérologie, dont la chaîne du pouvoir et le mystère de la vie ont le même concept. Ce système cyclique, que nous appelons cycle de vie, est le **Chakra Sudarshan**.

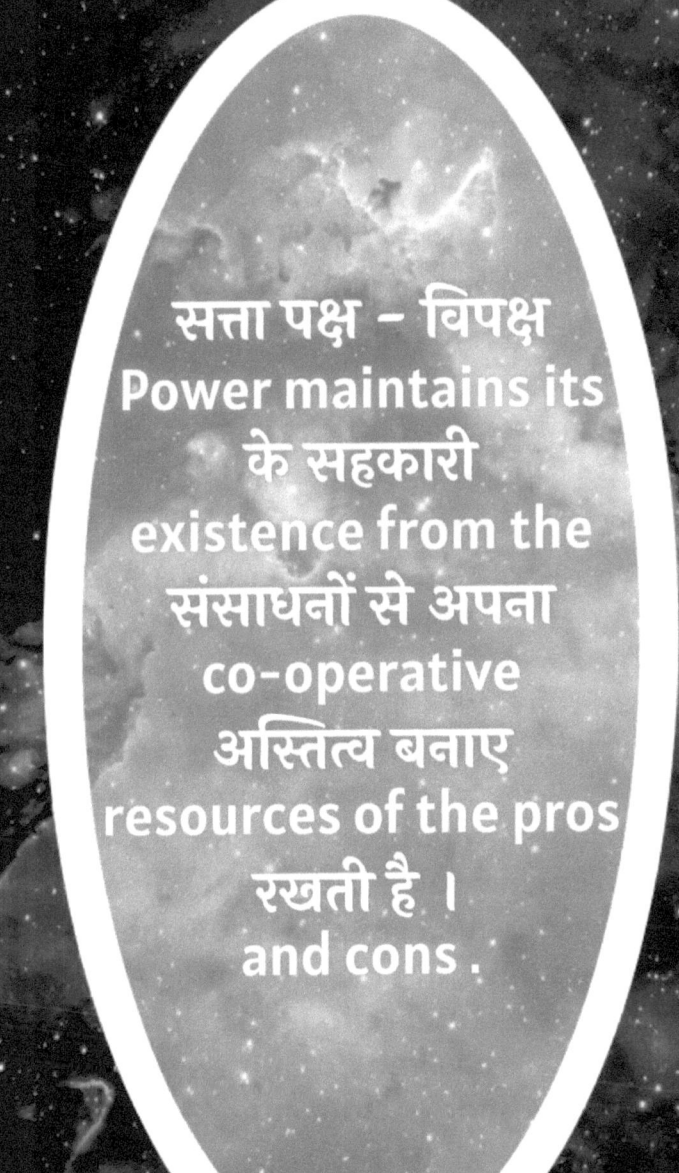

DWAIT

यह धरती अर्थात भूचक्र है। गति की चक्रीय व्यवस्था के मध्य सापेक्ष गति से विरोधाभास भी स्वाभाविक रूप से उपस्थित है। द्वैत–अद्वैत में द्वंद इसी प्रकार है। चक्रीय व्यवस्था में गति का सीधा प्रतिरूपण है द्वंद। इस प्रकार नर–नारी, जन्म–मरण, रात–दिन, धूप–छांव, सुख–दुख, सही– गलत आदि सब कुछ जो भी साथ–साथ है, द्वैत–अद्वैत दर्शन सिद्धांत है। यह सभी प्रदर्शन चक्रीय गति से ही प्रभाव रखते हैं।

Cette terre est un cycle de rotation. La contradiction estnaturellementprésente dans le système du mouvementrotatifen tant que mouvementrelatif. La dualité dans le Dvaita-Advaita estainsi. La dualitéest la représentationdirecte du mouvement dans le systèmecyclique. Ainsi, tout ce qui est ensemble homme-femme, naissance-mort, jour-nuit, lumière-obscurité, bonheur-chagrin, bien-mal, etc. est le principe de la

philosophiedvait-advaita. Toutesces performances n'ontd'effet que par le mouvementcyclique.

ओराबोरस, एक प्राचीन धार्मिक प्रतीक है, जिसमें दो सर्प वृत्ताकार एक दूसरे की पूंछ अपने मुख में लिए हुए जीवन चक्र का द्वंद ही स्पष्ट करते हैं।

L'Ouroboros, un ancien symbole religieux, représente la dualité du cycle de la vie par deux serpents enrouléscirculairement, l'un tenant la queue de l'autre dans sagueule.

चेतन ब्रह्म विशिष्ट आवेशीय गति, पिंड स्वरुप से सृष्टि की रचना करता है । विशिष्ट आवेशीय गति के फलस्वरूप दो ध्रुवीय व्यवस्था जन्म लेती है , जो लगभग विपरीत दिशा से जानी जाती है। जिसे हम धनात्मक तथा ऋणात्मक आवेश से पहचानते हैं, जो कुछ किन्ही विशेष धातु या पदार्थों में चुंबकत्व के गुण स्पष्ट प्रदर्शित करता है। चुंबकत्व अर्थात आकर्षण और विकर्षण के माध्यम से भिन्न–भिन्न क्रियाएं और स्थिति पैदा करता है। जीवो में भी यह जैविक प्रारूप से प्रदर्शित होता है।

जिसके विभिन्न प्रारूपों को हम विभिन्न नामों से जानते हैं।

Le Brahm conscient créel'univers avec un mouvement de charge spécifique sous la forme d'un corps. Le résultat de cemouvement de charge spécifiqueestl'apparition d'un systèmedipolaire, connu pour ses directions presqueopposées, que nous identifions avec la charge positive et la charge négative, ce qui montre clairement les propriétés du magnétisme dans certainsmétauxou substances. Le magnétisme, c'est-à-dire l'attraction et la répulsion, crée des actions et des états différents. Chez les êtresvivants, il se manifesteégalement sous formebiologique, dont les différentesformessontconnues sous différentsnoms.

आवेश अर्थात जज्ब, जो भावनात्मक आवेग प्रदर्शन करता हैं। उर्ध्व उत्थान (कैपिलरी राइज) एक वैज्ञानिक प्रयोग यह समझने के लिए काफी है कि जीव संरचना एवं प्रक्रिया में

किस प्रकार प्रकृति नर एवं मादा के मध्य आवेगात्मक क्रिया के माध्यम से प्रजनन की व्यवस्था को बनाए रखती है।

Charge signifie charge efficace, qui montre une impulsion émotionnelle. L'ascension capillaire (Urdhvutthan), une expérience scientifique, suffit à comprendre comment la nature entretient le système reproducteur grâce à l'action impulsive entre le mâle et la femelle dans la structure et le processus de l'organisme.

इस संसार में कुछ भी ऐसा नहीं जो सूक्ष्म अथवा स्थूल रूप से इश्वर की योजना के विपरीत अथवा अलग हो रहा हो। जंतु अपने आनुवंशिकता (जीनोम योजना) के तहत अपने क्रियाकलाप करते हैं। जिसमें श्रेष्ठ उत्पाद जीवरूप में प्रतिबिंब प्रकार से मनुष्य है, एक जैविक कठपुतली। इसकी विशिष्टता समझने के लिए विज्ञान तथा अध्यात्म के मध्य एक बहुत सुंदर तुलना है, इलेक्ट्रिक मोटर और जनित्र का तथा इलेक्ट्रिक मोटर का सक्रिय परिपथ में श्रोत से तुल्यकालन।

Il n'y a rien dans ce monde qui soit contraire ou différent du plan de Dieu, que ce soit de manière subtile ou grossière. Les organismes exercent leurs activités selon leur hérédité (séquence du génome). Le meilleur produit est l'être humain, sous forme de reflet, de marionnette biologique. Pour comprendre le caractère unique entre science et spiritualité, on peut faire une très belle comparaison entre un moteur électrique et un générateur et la synchronisation d'un moteur électrique avec une source dans un circuit actif.

माया रूपी विपरीत ध्रुवीय चुंबकत्व अर्थार्थ से द्वंद के मध्य जन्म है। चुंबकीय फ्लक्स योजना अर्थार्थ से, उत्पन्न वृत्तियां हैं। उत्पन्न वृत्तियां शरीर में इंद्रियों के माध्यम से व्यवहार करती हैं, जो प्रमुखतः बहिर्मुखी परिणाम देता हैं तथा संस्कार (प्रोग्रामिंग) रूप से जीनोम में कूटबद्ध (कोडिंग) होती रहती हैं । ठीक उसी प्रकार जैसे एक विद्युत मोटर, श्रोत (जनरेटर) से जुड़कर अपना कार्य करता है। उर्जा प्रवाह ऊपर श्रोत से नीचे होता हुआ, परिणाम देता है।

Le magnétisme polaire opposé, sous la forme de Maya, surgit au milieu de la dualité. Les plans de flux magnétique, dans un autre sens, sont des instincts dérivés. Ces instincts dérivés se comportent à travers les sens corporels qui donnent principalement des résultats extravertis et sont programmés (codés) dans le génome. Tout comme un moteur électrique, connecté à la source (générateur), fait son travail. L'énergie circule de la source vers le haut, descend et donne le résultat.

मोटर का उद्देश्यगत निर्माण इसी प्रकार से किया गया है , किंतु इसी मोटर को प्रक्रियागत उल्टा प्रयोग करने से यह अल्प मात्रा में विद्युत संकेत देता है। मोटर का उद्देश्य जनित्र होना नहीं, तथापि वह जनित्र का गुण अवश्य प्रदर्शित करता है। शक्ति अर्थात ऊर्जा का प्रवाह जो ऊपर से नीचे को था, उसे नीचे से ऊपर अर्थात उर्ध्वगामी करने से जो ऊर्जा संकेत अंश रूप से परिलक्षित होता है। वही पता है उस आदि श्रोत का, किंतु अंश मात्र, क्योंकि यह संसार ही प्रतिबिंब मात्र है।

Le moteur est volontairement construit de cette façon, mais l'utilisation du même moteur pour le processus inverse produit une petite quantité de signal électrique. Le but d'un moteur n'est pas d'être un générateur, mais il présente les propriétés d'un générateur. Shakti, c'est à dire le flux d'énergie qui allait de haut en bas, en le déplaçant de bas en haut, c'est à dire vers le haut, le signal énergétique est partiellement réfléchi. ceci s'adresse à la source principale, mais partiellement, car ce monde n'est qu'un reflet.

जब मनुष्य अपनी वृतियों को समेटकर, बहिर्मुखी से अंतर्मुखी कर, चित्त से ऊपर ध्यान करते हुए, नीचे स्थित कुंडलिनी शक्ति को ऊर्ध्वाधर करता है तो स्वयं ब्रह्म समान व्यवहार को जानता है कि परमसत्ता किस प्रकार है! स्वयं ब्रह्म समान होता है; ब्रह्म नहीं। शेष तुल्यकालन है अर्थात् स्वयं को सही प्रकार से आदि श्रोत ब्रह्म से जोड़ना। वृत्तियों को ध्यान के माध्यम से ईश्वर के संचालन में अपने सत् कर्मों को करना ही परम ध्येय है।

Lorsqu'un homme rassemble ses instincts, passe d'extraverti à introverti, médite en haut du cœur vers l'esprit, verticalise la Kundalini Shakti située en bas, il sait comment se comporte Brahma, l'Être Suprême ! Lui-même devient comme Brahm ; mais pas Brahm. Le reste est une question de synchronisation, c'est-à-dire de se connecter correctement à la source originelle de Brahm. Le but ultime est d'accomplir de bonnes actions sous le contrôle de Dieu à travers la méditation.

जो ईश्वर के जिस रुप की साधना करता है , उसे ही प्राप्त होता है , उसमे ही गति होती है। तिर्यक भाव से अभीष्ट तथा सीधे मुख निर्वाण हेतु साधनारत होना चाहिये । अतः लक्ष्य अनुरुप ही भजन, भोजन तथा सतसंग करना और रखना चाहिये ।

Celui qui adore n'importe quelle forme de dieu, quelle qu'elle soit, obtient cela, progresse dans cela. Il faut méditer obliquement pour ce qui est prevu et droit pour le Nirvana. C'est pourquoi nous devons garder les prières, les repas et les rassemblements selon le but.

BRAHMAYAM

> ओउम् अष्टचक्रा नवद्वारा देवानां पूर्योध्या।
> तस्यां हिरण्ययः कोशः स्वर्गो ज्योतिषावृतः ॥

यह मानव शरीर आठ चक्र और नौ द्वारों से युक्त देवों की पुरी है, जहां युद्ध नही होते। उसका हिरण्यमय कोश स्वर्ग की ज्योति आभा से ढका हुआ है ।

Ce corps humainestunecité des dieux avec huit chakras et neufportes, où il n'y a pas de guerre. Son trésorsomptueuxestrecouvert de l'aura de la lumière céleste.

यह अद्भुत मानव शरीर आठ चक्र और नौ द्वारों वाला है । ये आठ चक्र , अर्थात् नाड़ियों के विशेष गुच्छे इस शरीर में मज्जातन्तु के केन्द्र रूप है , इन चक्रों में अनंत शक्तियाँ भरी हैं । इस शरीर में शाखा तथा प्रशाखाएं मिलाकर 72,72,10, 201 संपूर्ण नाड़ियाँ होतीं हैं, जिसमें 72,000 यौगिक नाड़ियाँ हैं । इनमें इंगला , पिंगला और सुषुम्ना तीन नाड़ियाँ विशेष है । इसमें नौ द्वार हैं , दो आँख , दो कान , दो नासिका छिद्र , एक मुख,

इस प्रकार सिर में सात द्वार हुये (आठवाँ) गुदा द्वार, (नौवाँ) मूत्र द्वार तथा (दसवां) ब्रह्मरंध्र , जो शीर्ष अर्थात चोटी के स्थान पर स्थित , ढका अर्थात बंद रहता है।

Ce merveilleux corps humain possède huit chakras et neuf portes. Ces huit chakras, c'est-à-dire des faisceaux spéciaux de nerfs qui forment des centres reliés à la moelle épinière dans ce corps, ces chakras sont remplis de pouvoirs infinis. Il y a un total de 72,72,10 201 nadis et canaux dans ce corps, dont 72 000 sont des nadis yogiques. Ingala, Pingala et Sushumna sont trois nadis spéciaux. Il y a neuf portes dans ce corps, deux yeux, deux oreilles, deux narines, une bouche, de cette façon il y a sept portes dans la tête, (huitième) l'ouverture de l'anus, (neuvième) l'ouverture urinaire et dixième Brahmrandhra, qui se situe au sommet de la tête qui reste fermée.

ये दिव्य गुण युक्त आत्माओं (देवताओं) के ठहरने का स्थान है । इसमें रहने वाले समस्त जड़ और चेतन देवता सतर्क व जागरुक हैं । यहां अग्निदेव नेत्र और जठराग्नि के रूप में, पवनदेव श्वाँस – प्रश्वाँस व दस प्राणों के रूप में , वरुण देव जिह्वा और रक्त आदि के रूप में रहते हैं । चैतन्य देवों में आत्मा और परमात्मा का यही निवास स्थान है ।

इसी प्रकार अन्य सभी शरीर के भिन्न-भिन्न स्थानों में निवास करते है, जो प्रत्येक एक संबंधित ग्रह का प्रतिनिधित्व भी करते हैं । सभी ग्रह मानव शरीर में उदय और अस्त होते हैं। " जब जागो तभी सवेरा ", एक सूरज भीतर भी उगता है ।

C'est la demeure des âmes dotées de qualités divines (dieux). Toutes les divinités inertes et conscientes qui y vivent sont alertes et conscientes. Agnidev y réside sous forme d'yeux et Jathragni, Pawandev sous forme de souffle et des dix pranas, Varunadev sous forme de langue et de sang, etc. C'est la demeure de l'âme et du Paramatma, c'est-à-dire les divinités Chaitanya. De même, tous les autres résident à différents endroits du corps, chacun représentant une planète respective. Toutes les planètes s'élèvent et se couchent dans le corps humain. "A chaque réveil, c'est le matin" un soleil se lève aussi à l'intérieur.

रात दिन के कालचक्र में, रात्रि का चौथा प्रहर सूर्योदय से लगभग 2 घंटा पूर्व ब्रह्म मुहूर्त कहा जाता है। इस प्रहर निद्रा त्यागने से, आध्यात्मिक क्रियाओं के माध्यम से, ईश्वर के आशीर्वाद को स्वयं जीवन में अनुभव करेंगे। एक ऐसा अनुभव जो स्वयं से ही अछूता रहता है । स्वस्थ शरीर में ही स्वस्थ मन का निवास होता है, इस हेतु

त्रिकाल संध्या तथा एक समय में 3 से 5 प्राणायाम ही निर्दिष्ट है। सृष्टि का नियमन ही वह अनुशासन है जो समझ कर व्यक्ति को अपने दैनिक जीवनचर्या में अवश्य उतारना चाहिए।

Dans le cycle du jour et de la nuit, la quatrième phase (prahar) de la nuit précédant le lever du soleil d'environ deux heures est appelée Brahma Muhurta. En vous réveillant pendant cette période, grâce à des activités spirituelles biaisées, vous ferez l'expérience des bénédictions de Dieu dans votre propre vie. Une expérience qui reste intacte. Un esprit sain réside dans un corps sain, pour ce triple culte (trikal sandhya) et à la fois seulement 3 à 5 pranayamas sont spécifiés. La régulation de la Création est la discipline qu'une personne doit comprendre et mettre en œuvre dans sa vie quotidienne.

दिन में दैविक शक्तियां एवं रात में आसुरी शक्तियां प्रभावी रहती हैं। सांसारिक भोग मर्यादित तथा अमर्यादित प्रकार से दैवीय व राक्षसी प्रभाव उत्पन्न करते हैं । जीवन मृत्यु के मध्य जीवन–मूल प्रवृत्ति तथा मृत्यु–मूल प्रवृत्ति जानी जाती है। यह जीवन काल इन्हीं दो का अनुपातिक नियमन है। सुख और दुख की अनुभूति जीवन पर्यंत धूप–छांव के समान व्यक्ति के साथ बनी रहती है। शारीरिक रूप से भी मात्रा के अनुपात से यह दोनों साथ ही

मौजूद रहते हैं। दुख अथवा पीड़ा का शारीरिक – मानसिक रूप से इसका नियमन ही श्रेष्ठ है।

Les pouvoirs divins sont efficaces le jour et les pouvoirs démoniaques la nuit. Les plaisirs du monde à travers les pratiques morales et immorales produisent des effets divins et démoniaques. Entre la vie et la mort, il y a une tendance fondamentale vers la vie et une tendance fondamentale vers la mort. La durée de vie est une régulation proportionnelle à ces deux tendances. Les sentiments de bonheur et de tristesse accompagnent une personne tout au long de sa vie, comme le soleil et l'ombre. Physiquement aussi, ces deux éléments existent ensemble en quantité proportionnelle. régulation Le chagrin ou la douleur sont meilleurs sous des formes physiques et mentales.

अनुशासन पीड़ा को थोड़ी–थोड़ी मात्रा में बिखेरता है और पीड़ा कम अनुभव होती है। एक साथ पीड़ा के बड़े आवेग को सहने से यह अच्छा है। इस प्रकार दूसरी तरफ, दुख से उपजा सुख, उद्देश्य और लक्ष्य रूप में प्राप्त किया जा सकता है। थोड़ा–थोड़ा ही सही करते हुए एक–एक सीढ़ी लक्ष्य की तरफ बढ़ने से लक्ष्य संधान होता है। यह लक्ष्य की योजना का अनुशासन देशकाल

परिस्थितियों के अनुसार स्वयं पर ही निर्भर है, परंतु अनुशासन आवश्यक है।

La discipline diffuse la douleur, en petites quantités. La douleur est donc moins ressentie. C'est mieux que d'avoir à endurer une grande poussée de douleur d'un seul coup. D'un autrecôté, le bonheur qui naît de la douleurpeutêtreatteint sous la forme d'un but et d'un objectif. En corrigeant un peu les choses et enavançant pas à pas versl'objectif, celui-ci estatteint. La discipline de planification de l'objectifdépend des circonstances, mais la discipline estnécessaire.

यह सच झूठ भी अपना ही है। प्रकृति की द्वैत व्यवस्था अर्थार्थ से द्वदं है, खुद को सही—सही दर्पण में ना देख पाने जैसा। दर्पण में भी सत्य का भली—भांति ना प्रगट होना यह स्थूल आंखों का ही भ्रम है अर्थात संसार तो सत्य है, किंतु दर्पण झूठ है। तथापि यह संसार भी पानी के बुलबुले जैसा प्रतिबिंब स्वरूप ही है। इसलिए जीवन तो है क्षणभंगुर।

Cette vérité et cette fausseté sont aussi les nôtres. Il s'agit d'un systèmedualiste de la nature, ce qui signifiequ'il y a dualité, comme le fait de ne pas pouvoir se voircorrectement dans le miroir. La vérité qui n'est pas révéléecorrectement, même dans le miroir, n'estqu'une illusion des yeuxgrossiers. Cela signifie que le monde estvrai, mais que le miroirest faux. Cependant, ce monde estaussi un reflet commeunebulled'eau. C'est pourquoi la vie estéphémère.

आवश्यकता है, सत्य स्वरूप प्रतिबिंब दिखाने वाले दर्पण की जैसे हम दूसरों को देखते हैं, खुद को भी देख सकें। यही कारण है कि हम दूसरों के दृष्टिकोण से खुद को संतुष्ट नहीं पाते । क्योंकि अनुमानतः सभी कोई अपने भ्रम का स्वयं ही शिकार होते हैं , दूसरों को सही देखते हुए भी गलती कर बैठते हैं क्योंकि खुद ही गलत अर्थात अज्ञानी होते हैं।

Nous avons besoin d'un miroir qui reflète la vraie forme afin que nous puissions nous voir comme nous voyons les autres. C'est la raison pour laquelle nous ne nous contentons pas du point de vue des autres. Parce que chacun est considéré comme victime de sa propre illusion, même en voyant les autres correctement, il commet des erreurs parce qu'il a lui-même tort et est imprudent.

ऐसे में सत्य का प्रकट होना अत्यंत जटिल है। एक ही मार्ग है, प्रथम स्वयं को सत्य रूप से

जानना। बाह्य त्रुटिपूर्ण प्रतिबिंब को, सत्य रूप अंतर मन के दर्पण में देखना। अगर मन के दर्पण में आप स्वयं को देख सके तो यही आत्म दर्शन है और यदि मन में संसार को देखते हैं तो फिर आप एक बहुत बड़ी त्रुटि कर रहे हैं। निश्चय ही दिशाहीन भ्रम का शिकार होकर गलत परिणामों को प्राप्त होंगे । मानवीय संबंधों का भी यही रहस्यात्मक प्रारुप है। तथापि स्वयं प्रकृति के सत्य मार्ग , इस गूढ़ रहस्य का पालन करने से ही आप सच्चे प्रेम और मुक्ति के अधिकारी होंगे। अन्य कोई मार्ग नहीं है।

Dans unetelle situation, la manifestation de la véritéest très compliquée. Il n'y a qu'un seul moyen, celui de se connaîtrevraiment. Voir le reflet extérieurdéfectueuxcomme la vraieforme dans le miroir du moiintérieur. Si vouspouvezvousvoir dans le miroir de l'esprit, alorsc'est la réalisation de soi et sivousvoyez le monde dans le miroir de l'esprit, alorsvousfaitesunegrosseerreur. Vous obtiendrezcertainement de mauvaisrésultatsendevenant la proied'illusions sans direction ; il enva de même pour la nature mystérieuse des relations humaines. Cependant, ensuivant le vrai chemin de la nature elle-même, ce secret profond, vousaurez droit à l'amourvéritable et à la libération. Il n'y a pas d'autrevoie.

कल्पना में प्राण उत्पन्न होना ! मनुष्य के अंदर ईश्वरीय शक्तियां अंश रूप से उपस्थित है। किंतु मनुष्य की कल्पना यथासामर्थ्य अपना प्रायोगिक समय लेती है । मनुष्य को अपना यह रूप सामर्थ्य भी निर्धारित काल तक ही प्राप्त होता है। अतः जीवन रहते अपनी कल्पना का परिणाम देख पाना सर्वदा संभव नहीं, तथापि क्रिया के परिणाम से मरणोपरांत भी इनकार कौन कर सकता है ! अपनी सोई शक्तियों के जागृत प्रभाव से कल्पना के साकार होने का काल नियंत्रण किया जा सकता है। "मनसा वाचा कर्मणा" , धार्मिक प्रकार से ही जीना चाहिए।

Réalisation dans l'imaginaire ! Les pouvoirs divins sont partiellement présents chez l'homme. Mais l'imagination humaine prend au maximum son temps expérimental. L'homme n'obtient cette forme et ce pouvoir que pendant une période de temps déterminée. C'est pourquoi il n'est pas toujours possible de voir le résultat de son imagination de son vivant, mais qui peut nier le résultat de l'action même après la mort ? Grâce à l'effet éveillé de vos pouvoirs endormis, vous pouvez contrôler le temps nécessaire pour réaliser votre imagination. "Mansa Vacha Karmana", il faut vivre uniquement religieusement.

समय की यात्रा ऐसी अवधारणा है जो मनुष्य होने के जिज्ञासा से जुड़ी हुई है। यह वर्तमान ही वह पल है जो भूत, भविष्य को धारण करता है। बाहिर्यात्रा से अंतर्यात्रा, आनुवंशिकता जो संस्कारों के माध्यम से वर्तमान को प्रस्तुत होती है, भिन्नता से पीढ़ियों के रूप की यात्रा है। जो ज्ञानपूर्वक उपयुक्तता के चयन से संगठन शक्ति और सामर्थ्य प्राप्त करती है । यात्रा अर्थात भ्रमण, ''पानी बहता भला—योगी रमता भला''। प्रत्येक मनुष्य का जन्म इस आधार पर पृथक—पृथक कालखंड में होता है। विभिन्नताओं से भरा यह संसार, हम सभी अलग—अलग कालखंड में एक साथ उपस्थित होते हैं। यह एक पल वर्तमान ही जीवन है। सृष्टि की यही योजना काल है और हम सभी यात्री । इसका जो अर्थ है क्या आप सही मूल्य चुकाने को तैयार हैं? यह आप पर निर्भर है कि आप क्या चाहते हैं!!

''रात गंवाई सोय कर, दिवस गंवायो खाय ।
हीरा जनम अमोल था, कौड़ी बदले जाय ॥''

" *Raat gavai soy kar, divas gavayo khay*
Heera janam anmol tha, kaudi badle
jae."

~Kabir Das

Le voyage dans le temps est un concept étroitement lié à la curiosité humaine. C'est le présent qui contient le passé et le futur. Voyageant de l'extérieur vers l'intérieur, l'hérédité se présente au présent à travers des rituels. C'est le voyage des formes à travers les variations, grâce à une sélection judicieuse d'adéquation, il acquiert un pouvoir et une force organisés. Yatra signifie tour, "l'eau qui coule est bonne - le yogi qui médite est bon". Partant de là, chaque être humain naît à une époque différente. Ce monde est plein de diversité, nous sommes tous présents ensemble à des époques différentes. Le moment unique est la vie présente. Le temps est le plan de la création et nous sommes tous des voyageurs. Cela signifie : êtes-vous prêt à payer le juste prix ? C'est à vous de décider ce que vous voulez !

कुछ भी ऐसे कैसे बदल सकता है ? जबतक प्रकृति स्वयं निर्णय ना ले! एकोहं बहुस्यामः की वैदिक भावना! प्रकृति जब पुनः स्वाधिकार करते हुए मनुष्य पर अधिकार प्रयोग करती है, प्रलय उपस्थित होता है। तानाशाह जन्म लेता हैं, अवतार होता है !!

Comment les choses peuvent-elles changer ainsi ? Jusqu'à ce que la nature elle-même en décide ! L'esprit védique d'Ekoham Bahusyamah ! Quand la nature, tout en s'autorisant, exerce son autorité sur l'homme. L'Holocauste se produit, un dictateur est né. Il y a l'incarnation !!

राम नाम एक अंक है
Pronouncing Ram is a number.
और अंक सब सून ।
Without which digit does not exist,
अंक घटे कछु ना बचे
When decreased get 0,
शून्य बढे दस गून ।।
By putting increases 10 times !

NUMEROLOGY

निराकार , गुणाकार , ब्रह्म स्वरूप शून्य प्रेरक रूप में स्वतः विस्तृत हो कर , अनेकों प्रकार से संप्रेषित होता हुआ इस सृष्टि का कारण बनता है । 'नाद' ब्रह्म की क्रियाशील पद्धति का प्रारंभिक स्तर है । सृष्टि के रहस्य मनुष्य की विचारशीलता से प्रकट होते हुये 'शब्द' के अतिरिक्त अन्य क्षेत्रों तक भी जा पहुंचे । स्वयं में अपरिभाषित शून्य की संख्याओं को सृजित करने की क्षमता अद्भुत है । वृत प्रकारान्तर से शून्य, जो विभिन्न इकाइयों , कोणिक आकृतियों में रुपान्तरित और विभक्त होता हुआ अन्य संख्याओं के लिये रेखा गणितीय आधार बन गया । संख्यायें जिनके संयोग से ही शून्य का व्यक्तित्व और उसकी शक्ति प्रकट होते हैं । भाषा प्रतीक बोधक है और संख्या सांकेतिक।

L'informe, le multiplicateur, la forme de Brahma, s'étendlui-même sous la forme du zéro, le motivateur, se transmet de nombreuses manières et devient la cause de la création. Le "naad" est le stade initial de la méthode de travail de Brahma. Les secrets de la création, qui se sontmanifestés à travers la réflexion de l'homme, ontatteintd'autresdomaines que le "mot". La capacité de créer des nombres de zérosindéfinisestétonnante. De la conversion du cercle enzéro, à la conversion et à la division endiversesunités, en figures angulaires, ennombres. Des nombresdont la combinaisonrévèle la personnalité et le pouvoir du zéro. Le langageestsymbolique et les nombressontsuggestifs.

'संख्या' जो कि 'शब्द' में लिखी जा सकती है , किन्तु संख्या के संकेत जितने बड़े प्रभाव क्षेत्र को मात्र 'शब्द' व्यक्त नहीं कर सकता है । यह संकेतात्मकता ही इन संख्याओं की शक्ति है । संख्या रुप में एक , अनेक व अनन्त, ब्रह्म के अपरिमित विराट स्वरूप को दर्शाते ये अंक और इनकी विभिन्न आवृतियां ही , इनके विभिन्न क्षेत्रों के प्रभाव व्यक्त करते हैं । अंको की इसी क्रियाशीलता को समझने अर्थात् जीवन के रहस्यों और अज्ञात भविष्य को ज्ञात करने का उपक्रम ही अंक ज्योतिष है । रंगों और रेखाओं के भी अपने – अपने क्षेत्रों के व्यक्तित्व है । 'रमल शास्त्र' जो कि अंको पर ही आधारित है। नक्षत्र स्वरूप नव ग्रहों के प्रतिनिधि इन अंकों में आश्चर्य समाया हुआ है ।

Le "nombre" peutêtreécriten "mot", mais le "mot" ne peut pas exprimerune zone d'influenccaussigrande que le signe du nombre. Ce symbolismeest le pouvoir de cesnombres. Cesnombres et leursdifférentesfréquences, qui représentent la formeinfiniede l'un, du multiple et de Brahma sous forme de nombres, expriment l'influence de leurs différents champs. La numérologie entreprend de comprendre cette action des nombres, c'est-à-dire de connaître les secrets de la vie et de l'avenir inconnu. Les couleurs et les lignes ont également leur propre personnalité. Le "Ramal Shastra" qui est basé uniquement sur les nombres. Les représentants des neuf planètes sous forme de constellation, il y a une surprise dans ces nombres.

दर्शनशास्त्र का गणितीय अर्थ, " मैं एक हूं, अनेक हो जाऊँ "! जब मानव ने अंकगणितीय रूप से 1 2 3... की गिनती शुरू की , यह क्या है ? या इसे बीजगणित में अ ब स ... के रूप में मानते हुए , वह क्या है ? रेख्यणित में आकृति या संरचना के लिए , अज्ञात की ओर लक्षित है । इसी तरह अज्ञात की खोज में, गणित में अनुप्रयोग के विभिन्न क्षेत्रों का विकास हुआ ।

Le sens mathématique de la philosophie Je suis un, sois plusieurs ! lorsque l'homme a commencé à compter arithmétiquement 1 2 3... et ainsi de suite, qu'est-ce que c'est ? ou en supposant que c'est a b c... et ainsi de suite en algèbre, qu'est-ce que c'est ? pour la forme ou la structure en géométrie, a visé l'inconnu. De même, pour explorer l'inconnu, divers champs d'applications ont apparus en mathématique.

गणित और इसके अन्य क्षेत्रों के विकास में दशमलव अंश , संभाव्यता , अंकगणितीय प्रगति आदि के रूप में मानव सीमा स्पष्ट रूप से परिलक्षित होती है । सभी जोड़, घटाव , गुणा या भाग में परिमेय और अपरिमेय संख्या का पता लगना आश्चर्यजनक है !

Les limites humaines se reflètent clairement dans le développement des mathématiques et de leur domaine sous forme de fraction décimale, de probabilité, de progression arithmétique et de termes divers, etc. Dans tous les cas, la découverte de l'addition, de la soustraction, de la multiplication ou de la division des nombres rationnels et irrationnels est le plus surprenant.

कभी – कभी एक स्थिरांक मान लिए बिना हम उचित परिणाम प्राप्त करने में असमर्थ होते हैं । दशमलव के मामले में तो यह बहुत चमत्कारी है, जब संख्याएं खुद को अनंत तक दोहराना शुरू कर देती हैं। शेष प्रमेय में जिसे शेष कहा जाता है , वह भी वैदिक अर्थों में भगवान का नाम है। 1 से 9 तक का अंतहीन प्रतिनिधित्व , यानी अनंत या अनंत तक की पुनरावृत्ति भी वैदिक अर्थों में भगवान का नाम है। इसका अर्थ है, शेष और अनंत भगवान के नाम हैं ।

Parfois, sans supposer une constante, nous ne parvenons pas à obtenir des résultats appropriés. C'est très miraculeux en termes de décimales, lorsque les nombres

commencent à se répéter à l'infini. Dans le théorème des restes, le reste qui est appelé shesh est aussi le nom de Dieu en langage védique, la forme répétitive, de 1 à 9 représentation sans fin, c'est-à-dire jusqu'à l'infini est aussi le nom de Dieu au sens védique. Cela signifie que Shesh et Anant sont le nom de Dieu.

इस प्रकार कुछ अज्ञात ज्ञात हो गए । कुछ में, अज्ञात स्थिर के रूप में स्थापित हुए । कुछ परिणामों में, अज्ञात स्वयं को शेष और अनंत के रूप में प्रकट करता है । इसलिए, आप इसे पूरी तरह से नहीं जान सकते । आप बहुत कुछ जान सकते हैं, लेकिन कुछ कम ! चेतन ब्रह्म, ऊर्जा और तत्व धारण करता है, वह अद्भुत चैतन्य सत्ता अर्थात परमात्मा है । वह जो स्वयं इस संसार की रचना करके अंधकार और प्रकाश में छिपा है । यदि छिपने की प्रवृत्ति है, तो प्रकट क्या है ?

Ainsi, certaines inconnues sont devenues connues. Dans certains cas, l'inconnu est établi comme une constante. Dans certains résultats, l'inconnu se manifeste comme le reste et l'infini. Vous ne pouvez donc pas le savoir complètement. Vous pouvez en savoir beaucoup, mais seulement un peu !
Conscient Brahm – détient l'énergie et l'élément. Ce merveilleux être conscient est divin. Il est lui-même caché dans les ténèbres

et la lumière en créant ce monde. S'il y a une tendance à se cacher, qu'est-ce qui est manifeste ?

महान निष्कर्ष! तो वह कौन है ? मैं कौन हूँ ? जैसे वैदिक अर्थों में ,

Excellentesdécouvertes ! Alors qui est-ce ? Qui suis-je ? Au sens védique du terme,

> आनंदं ब्रह्मं - परम सुख /
> अयमात्मा ब्रह्मः - मैं (आत्मा का) ब्रह्म हूं।

Le bonheur ultime /
Je suis (l'Atma) Brahm

> प्रज्ञानं ब्रह्म - अनुभव ब्रह्म है।

L'expérienceest Brahm

> सर्वंखल्विदं ब्रह्मः - ब्रह्म सर्वत्र है।

Brahm estpartout

> तत्वमसि - तुम ब्रह्म हो।

Vous êtes Brahm

> अहं ब्रह्मास्मि - मैं ब्रह्म हूं।

Je suis le Brahm

मनुष्य परमात्मा का मानवीकरण है , अर्थात प्रकट है।

L'homme est l'humanisation du divin, cela se manifeste.

साथ ही आकर या संरचना का सामने से , ऊपर से, बगल से, किनारे से , त्रिआयामी (आइसोमेट्रिक या ऑब्लिक) रेखांकन दृश्य ।

Ainsi que la forme ou la structure - vue de face, vue de dessus, vue de côté et vue de dessin en 3 dimensions (isométrique ou oblique).

इसी प्रकार अध्यात्म की भी पाँच अवस्थाएँ हैं । जिसे पंचकोशी साधना के नाम से जाना जाता है। प्रत्येक मंजिल का अभ्यास अलग है । एक उपकरण अंत तक काम नहीं करता है । इन पाँचों को पार करना और दृढ़ विश्वास के साथ उर्धगति में पाँचों से परे जाना साधना कहलाता है और जो इसे करता है वह साधक कहलाता है ।

De même, il existe cinq étapes dans la spiritualité. C'est ce qu'on appelle Panchkoshi Sadhana. La pratique de chaque étage est différente. Un outil ne fonctionne pas jusqu'au bout. Franchir ces cinq étapes et aller au-delà avec une foi ferme dans le mouvement ascendant s'appelle Sadhana et celui qui le fait s'appelle Sadhak.

अमरता के
Longing for
लालसी ,
immortality,
जनसंख्या –ग्रस्त,
population-ridden
क्या जाने कि
people,
सम्यक आनंद
Who knows what is
किसे कहते हैं !!
the rightful bliss !!

SAT KAAM

" पोथी पढ़ि पढ़ि जग मुआ, पंडित भया न कोय।

ढाई आखर प्रेम का, पढ़े सो पंडित होय।। "

" Pothi padh padh jag mua, pandit bhaya na koy,
Dhai aakhar prem ka , padhe so pandit hoy... "

-Kabir Das

सभी किताबें पढ़ कर मर गए, लेकिन कोई पंडित न हुआ । प्रेम का ढाई अक्षर जिसने पढ़ा वही पंडित हुआ।

Tout le monde meurt en lisant des livres, mais personne ne devient érudit. Celui qui a lu deux lettres et demie de Prem (amour) est devenu sage.

अमुक स्त्री या पुरुष मुझसे प्रेम करता या करती है, ऐसा सोचना समझना विभ्रम है. स्त्री–पुरुष का

प्रकृति भेद द्वैत है, जो एक चक्रीय पूरक व्यवस्था है। वास्तव में एक के ही परिवर्तित दो भिन्न रूपों का विकास एक रूप को अपने अंदर ही छिपा जाता है। प्रत्येक स्त्री अथवा पुरुष के अंदर एक पुरुष अथवा स्त्री छिपी होती है , जिसे ही हम वाह्य संसार में ढूंढते हैं । प्रमुख रूप से स्त्री को सृजन एवं पुरुष को सुरक्षा का उत्तरदायित्व प्रकृति प्रदत्त है । दोनों मिलकर संयुक्त रूप से पालन पोषण करते हैं। स्त्री चयन की प्रथम अधिकारिणी होती है। स्त्री का स्त्रीत्व एवं पुरुष का पौरुष, यही आधारभूत भिन्नता आपस में आकृष्ट करती हैं, पुनः एक होने के लिए। इस प्रकार सृष्टि के चक्र की निरंतर गतिशीलता अर्थात पुनरावृत्ति होती रहती है।

Il estillusoire de penserqu'une femme ou un homme m'aime. La nature de l'homme et de la femme est la dualité, qui est un système de complémentcyclique. En fait, le développement de deux formesdifférentesd'unemême chose, cache uneforme à l'intérieurd'elle-même. Il y a un homme ouune femme caché(e) à l'intérieur de chaque femme ou homme, ce que nous trouvons dans le monde extérieur.

La responsabilité de la créationincombeprincipalement à la femme et la sécurité à l'hommeestconférée par la nature. L'un et l'autresontnourrisconjointement. La femme est la première à pouvoirchoisir. La féminité de la femme et la masculinité de l'hommesont les différencesfondamentales qui s'attirentmutuellement pour ne faire qu'un. C'est ainsi que le mouvementcontinu du cycle de la création se reproduit sans cesse.

" चलती चाकी देखकर , दिया कबीरा रोय ।

दुइ पाटन के बीच में , साबुत बचा ना कोय ॥ "

"Chalti chaki dekh kar, diya kabira roy,
Dui patan ke beech me, sabut bacha na koy..."

~ Kabir Das

जीवन के चक्रीय व्यवस्था में समाहित द्वैत —अद्वैत का सिद्धांत ही प्रदर्शित होता है । दोनों की आधारभूत भिन्नता अर्थात भिन्न मार्ग से आते हैं, एक स्थान पर मिलते हैं अर्थात एक होते हैं, पुनः

अपने ही मार्ग पर चलते हैं। यह अपना मार्ग ही आत्मज्ञान का मार्ग है। "जोड़ियां स्वर्ग से ही बनकर आती हैं"। दो योग्य अर्थात समान स्तर से एक दूसरे को समर्पित युगल एक रूप अर्थात नर – नारी से अर्धनारीश्वर हो कर भवसागर पार परम धाम परमेश्वर को प्राप्त होते हैं। यही सच्चा प्रेम है। सच्चा प्यार सभी गुणों और आधार से ऊपर उठकर सभी भिन्नताओं से परे सभी बाधाओं को पार करता हुआ अपना लक्ष्य प्राप्त करता है।

Le principe du dvait et de l'advait, incarné dans le systèmecyclique de la vie, estprésenté. Les différencesfondamentales entre les deux - c'est-à-dire qu'ilsviennent d'un chemin différent, se rencontrent à un endroit, deviennent un, puissuiventleur propre chemin. Son propre chemin estcelui de l'illumination ! "Les mariagessont faits au ciel". Deux dignes, c'est-à-dire des couples dédiésl'un à l'autre au mêmeniveau - homme et femme - deviennent un "Ardhanarishvar" et, entraversant le Bhavsagar, accèdent à Dieu, l'ultimedemeure. Tel est le véritable amour. L'amourvéritables'élève au-dessus de toutes les vertus et de tous les motifs et transcendetous les obstacles, au-delà de toutes les différences, et atteint son but.

" रहिमन धागा प्रेम का, मत तोड़ो चटकाय।

टूटे पे फिर ना जुड़े, जुड़े गाँठ पड़ि जाय।। "
" Rahiman dhaga prem ka, mat toro chatkay,
Toote pe phir na jure, jure gath par jay...

– Rahim Das

चक्रीय निरंतर गतिशीलता ही सच्चे प्रेम के परख की कसौटी है और प्रेम—देयता ही मात्र विकल्प है।

La mobilité cyclique et continue est le seul critère du véritable amour et seul l'amour qui accorde est la responsabilité.

"Kastoori kundal basay, mrig dhoondhe van maahi,
Aise ghat ghat raam hain, duniya dekhe naahi..."

"Kastoori kundal basay, mrig dhoondhe van maahi,
Aise ghat ghat raam hain, duniya dekhe naahi..."

~ *Kabir Das*

जिस प्रकार ब्रह्म सृष्टि की प्रत्येक रचना में व्याप्त हैं किन्तु सब उसे देख नहीं सकते। रहस्य यही है – जिसे हम बाहर से ढूंढते हैं, ढूंढ लेते हैं, अंततः उसे प्राप्त करना अपने अंदर ही है।

Tout comme Brahms est impliqué dans toutes les créations du monde, mais tout le monde ne peut pas le reconnaître. C'est le secret : quoi nous cherchons de l'extérieur, nous trouvons finalement que c'est en nous-mêmes que nous pouvons l'obtenir.

" लाली मेरे लाल की, जित देखूँ तित लाल ।

लाली देखन मैं गई, मैं भी हो गई लाल ।। "

"Laali mere lal ki, jit dekhu tit lal,

Laali dekhan main gaee, main bhee ho gai laal..."

~ ***Kabir Das***

संछेप में "सभी से सौहार्दपूर्ण व्यवहार करे, कौन जाने उनमे से कोई अपना निकल आए।" यही प्रेमानंद से परमानंद अर्थात 'सत्–काम' है।

En bref, "Traitez tout le monde de manière cordiale, qui sait si l'un d'entre eux est peut-être le vôtre...". Tout va de l'amour à l'extase, c'est "SAT KAAM".

DHYAN

"ध्यान ही कुंजी है।" मनुष्य होने के कर्म की वैज्ञानिकता एक दीपक प्रज्जवलित करने के समान है जिसे धर्मोपदेशों में "अप्प दीपो भव" से बताया गया है। दिया, जो कि निर्धारित ऊर्जा से निर्धारित समय तक ही जलता है। ईंधन समाप्त तो दिया भी बुझ जाता है। दिये का ईंधन संवाहक माध्यम से भीग कर स्वतः ऊपर उठता है तथा प्रज्वलित किए जाने पर शिखर प्रकाशित हो जाता है। प्रकाश फैलता है और अंधकार दूर होता है। ठीक इसी प्रकार सृष्टि की रचना करने वाली आद्याशक्ति जो कि सभी प्राणियों को जीवन प्रदान करती है। मनुष्य शरीर के निचले तल गुदा चक्र "मूलाधार" में सुप्त रहती है। यह सूक्ष्म शक्ति ही कुंडलिनी कही जाती है। इस शक्ति को जागृत, उर्ध्वगामी कर षट्चक्र बेधन करने से सहस्त्रार प्रकाशित होता है। मनुष्य की अलौकिक दिव्य शक्तियां जागृत हो उठती है।

"La méditation est la clé." La nature scientifique du travail en tant qu'être humain est comme allumer une bougie, comme on le dit dans les sermons avec "l'application deepobhav". Une lampe qui brûle pendant un temps précis avec une énergie spécifique. Quand le carburant est épuisé , les lampes s'éteignent automatiquement. Le combustible de la lampe monte automatiquement après avoir été mouillé par le milieu conducteur et lorsqu'elle s'allume, la flèche s'allume et l'obscurité se dissipe de la même manière, la puissance primordiale qui donne vie à tous les vivants. êtres, reste endormi au niveau inférieur du corps humain, le chakra guda "Muladhara" perçant le Shatchakra, Sahastrar reste illuminé, les pouvoirs divins surnaturels de l'homme s'éveillent.

चक्र – बेधन , शक्ति जागरण अथवा कुण्डलिनी उत्थान प्रत्येक साधन से होता है चाहे वह योग मार्ग हो , चाहे उपासना या भक्ति मार्ग हो और चाहे ज्ञान व प्रेम मार्ग हो। प्राणायाम और मुद्रा ही कुण्डलिनी को नहीं उठाती बल्कि साधारण

धारणा और ध्यान भी उसे नीचे से ऊपर खींच लेते हैं । इस प्रकार सन्तों का सुरति , शब्दयोग और सहजयोग, गीता का साम्ययोग व आत्मयोग , भक्तिमार्गियों का भक्तियोग व प्रेमयोग, वेदान्तियों और दार्शनिक का सांख्ययोग व ज्ञानयोग इत्यादि सभी से यह संभव होता है।

Le perçage des chakras, le Shakti Jagran oul'élévation de la Kundalini se font par tous les moyens, qu'ils'agisse de la voie du yoga, de l'adorationou de la dévotion, ou encore de la voie de la connaissance et de l'amour. Non seulement le pranayama et les mudras élèvent la Kundalini, mais le simple dharna et la méditation la font égalementremonterd'en bas. De cette manière, celaest possible grâce au Surati, au Shabda Yoga et au Sahaja Yoga des saints, au Samya Yoga et à l'Atma Yoga de la Gita, au Bhakti Yoga et au Prema Yoga des dévots, au Sankhya Yoga et au Gyan Yoga des védantistes et des philosophes, etc.

प्रत्येक मानव शरीर के चारों ओर एक अण्डाकार घेरा होता है जो तेजपुंज का बना

होता है । यह स्थूल और तेजपुंज दोनो मिल कर लंबी गोल ब्रह्मांडीय आकृति प्रकट करते है। यह तेजपुंज स्थूल नेत्रों से देखने में नहीं आता जो लोग अभ्यास और साधन की सहायता से अपने सूक्ष्म नेत्रों को खोल लेते हैं, उन्हें साफ नजर आता है। प्रत्येक व्यक्ति का तेजपुंज एक जैसा नहीं होता, उनके रंग और रूप में अन्तर होता है । बुरे विचार वाले मनुष्यों का तेजपुंज स्याह, सतकर्मियों का श्वेत, योगियों और सिद्धों का सुनहरा, शक्ति उपासकों का लाल और सन्तों व महान पुरुषों का अत्यन्त निर्मल ज्योतिर्मय दिखाई देता है। जो जितनी ऊँची चढ़ाई करता जाता है उतना ही अपने तेजपुंज को भी दिव्य बनाता जाता है ।

Chaque corps humainestentouré d'un cercle elliptiqueconstitué de Tejpunj. Ensemble, cette masse grossière et lumineuserévèleune longue formecosmiquecirculaire. Ce faisceau de lumière n'est pas visible pour les yeuxgrossiers, il estclairement visible pour ceux qui ouvrentleursyeuxsubtils avec l'aide de la pratique et des moyens. Le Tejpunj de chaquepersonnen'est pas le même, il y a unedifférence dans sa couleur et saforme. Le rayonnement des personnesayant de mauvaises pensées est noir, celui des personnesvertueusesestblanc, celui des yogis et des siddhas estdoré, celui des adorateurs de Shakti est rouge et celui des saints et des grands hommes estextrêmementpur. Plus on s'élève, plus sa propre lumière devient divine.

एक अकेला दिया कुछ ही दूर का अंधेरा दूर कर सकता है, जब तक जलता है। किंतु अनेक दिये एक साथ मिलकर जलाए जाएं तो अंधकार का दूर तक नाश हो जाता है। सब कुछ दूर तक स्पष्ट दिखाई देने लगता है। यही सामूहिकता की शक्ति है। स्वयं प्रकाशित होना तथा दूसरों को भी प्रकाशित करना। एक से दूसरा फिर तीसरा इसी प्रकार अनगिनत दिये जलाना ही उत्कृष्ट मानव कर्तव्य है। जैसी एक दिये की जलती हुई स्थिति में प्रकाश की स्थिति होती है, वैसी ही मनुष्य की भी होती है। चिराग तले अंधेरा एक कहावत है। यह प्रकाश और अंधकार द्वैत अर्थार्थ से द्वंद है। अंधकार अंत नहीं है।

Une seule bougie peut dissiper l'obscurité sur une courte distance, tant qu'elle brûle, mais si plusieurs lampes sont allumées ensemble, l'obscurité est détruite dans une large mesure. Tout semble clairement visible de loin. C'est le pouvoir de la collectivité. S'éclairer soi-même et éclairer les autres est aussi un excellent devoir humain qui permet d'allumer d'innombrables lampes, de l'une à l'autre, puis à la troisième et ainsi de suite. Tout comme il existe un état de lumière dans l'état allumé d'une lampe, tel est l'état d'un être humain. L'obscurité sous la lampe est un proverbe. C'est la dualité de la lumière et de l'obscurité. L'obscurité n'est pas la fin.

विकार रहित संयमी शरीर ही तप का अधिकारी है। शरीर, प्राण, मन और बुद्धि का संयम आवश्यक है। योग और प्राणायाम सहयोगी हैं। साधारणतयः हवा को प्राणवायु कहते हैं। "जैसा अन्न वैसा मन" भोजन का सत्व जठराग्नि द्वारा शक्ति में परिवर्तित हो, प्राण शक्ति का नाड़ियों में संचार कर जीवन देता है।

Un corps retenu et sans désordre a droit à la pénitence. La maîtrise du corps, de l'âme, de l'esprit et de l'intellect est essentielle. Le yoga et le pranayama sont des alliés. Généralement, l'air s'appelle Pranavayu. "Comme la nourriture, tel est l'esprit". La substance des aliments est transformée en énergie par le feu digestif, elle donne la vie en transmettant la force vitale dans les nerfs.

जिंदगी बदलती रहती है इसलिए बदली जा सकती है !!

Life keeps changing so it can be changed !!

NAGAR CHAUPAL

नागर (वि०) १ – नगर सम्बन्धी । २ – नगर – निवासियों से सम्बन्ध रखने वाला । ३ – चतुर । (पु) १ – नगर का निवासी । २ भला आदमी ।

Nagar (adj.) 1 - relatif à la ville. 2 - Ville - Relatif aux habitants. 3 - Astucieux. (n.) 1 - Résident de la ville. 2 - Homme bon.

चौपाल (स्त्री ०) १ – चारों ओर से खुली हुई बैठक जिसमें गाँव के लोग पंचायत करते हैं २– एक प्रकार की पालकी ।

Chaupal (fém.) 1 - Réunion ouverte à tous, au cours de laquelle les habitants du village font le Panchayat 2 - Sorte de palanquin.

मनुष्य एक सामाजिक प्राणी है आदि से आधुनिक काल तक सभ्यता के अथक प्रयत्नों के उपरांत आज हम इस प्रकार स्वयं को विकसित अर्थात शिक्षित और सभ्य कह कर गौरव करते हैं। व्यक्तिकता से सामूहिकता के सिद्धांत पर अनेक प्रकार से इसका नियमिकरण और प्रबंधन स्थापित हुआ है। वसुधैव कुटुंबकम इसकी प्राचीन विकसित अवधारणा है। 16 महाजनपद (प्राचीन इतिहास)

अर्थार्थ राजतंत्र से गणराज्य, गणराज्य से लोकतंत्र जो भिन्न-भिन्न देशकाल परिस्थितियों में अन्योन प्रकारों से जानी जाती रही है। आज का संयुक्त राष्ट्र संघ व अनेक नामांकित संघ इसी प्राचीन वसुधैव कुटुंबकम् की अवधारणा का ही प्रमाण है।

L'homme est un animal social, après les efforts inlassables de la civilisationdepuis les originesjusqu'aux temps modernes, aujourd'hui nous sommesfiers de nous dire développés, c'est-à-dire éduqués et civilisés. Sa régulation et sa gestion ontétéétablies de nombreuses façons sur le principe de la collectivité à partir de l'individualité. Le VasudhaivKutumbakamest un concept anciendéveloppé. 16 Mahajanapadas (histoireancienne) signifiant de la monarchie à la république, à la démocratie qui a étéconnue de différentes manières dans différents cadres temporels. L'Organisation des Nations uniesd'aujourd'hui et de nombreusesautresorganisationssont la preuve de ce concept ancien de VasudhaivKutumbakam.

ऐसे में काल ऐतिहासिक नागर एवं चौपाल जैसे शब्द भाषा विज्ञान आधार से एकोहम बहुस्याम: के ब्रह्म प्राकट्य तथा द्वैत-अद्वैत के सिद्धांत से प्रतिपादित, यह एक नागरिकता की पहचान से उत्पन्न आधुनिक अंकगणितीय वैज्ञानिक अवधारणा है।

Dans une telle situation, des mots comme Historical Nagar et Chaupal sont proposés sur la base de la linguistique, à partir de la théorie de Brahma Prakatya, EkohamBahusyamh et Dvaita Advaita. Il s'agit d'un concept scientifique numérique moderne issu de l'identité citoyenne.

वसुधैव कुटुंबकम की अंतर्निहित भावना से सेवा – सह कारिता की कार्य प्रणाली पर आधारित कार्य उद्देश्य हेतु स्वतः स्फूर्त व्यक्तियों द्वारा जो व्यक्तिगत एवं सामाजिक जीवन स्तर के उन्नयन हेतु शारीरिक मानसिक एवं आध्यात्मिक पक्ष पर संरचनात्मक सौंदर्य बोध तथा प्राकृतिक सृष्टि बोध को उन्नत बनाने एवं करने का उद्देश्य रखते है ।

Avec l'esprit sous-jacent de VasudhaivKutumbakam, dans le but basé sur la méthode de travail de coopération de service, par des individus motivés,

physiquement, mentalement et spirituellement, pour l'amélioration des niveaux de vie personnels et sociaux afin d'améliorer le sens de l'intégrité structurelle, esthétique et naturelle. sens de la création.

प्रारंभिक 10 , प्रति सदस्य अन्य नए 10 सदस्यों को आमंत्रित कर उन्हें भी, प्रति सदस्य 10 नए सदस्यों को बनाने का अनुरोध कर के इस परंपरा को अग्रगामी करेंगे ।

Les 10 membres poursuivrontcette premiers tradition en invitant 10 autres nouveaux membres et enleur demandant de faire 10 nouveaux membres.

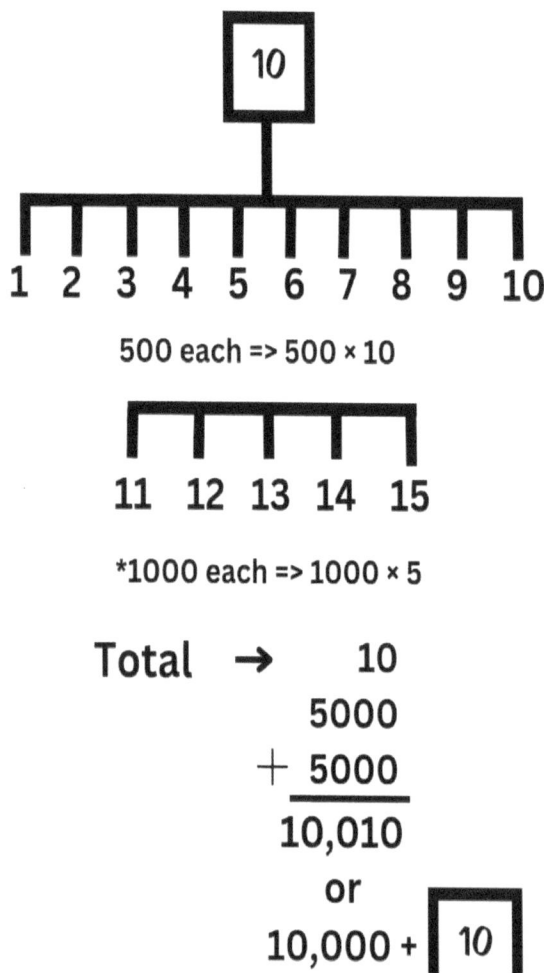

॥ श्री गुरु ॥

अगम्य अगोचर ब्रह्मासि महाकाल विश्वात्माः ।
श्री चित्र गुप्तं शरणं समर्पयामि अहं ब्रह्मास्मि ॥

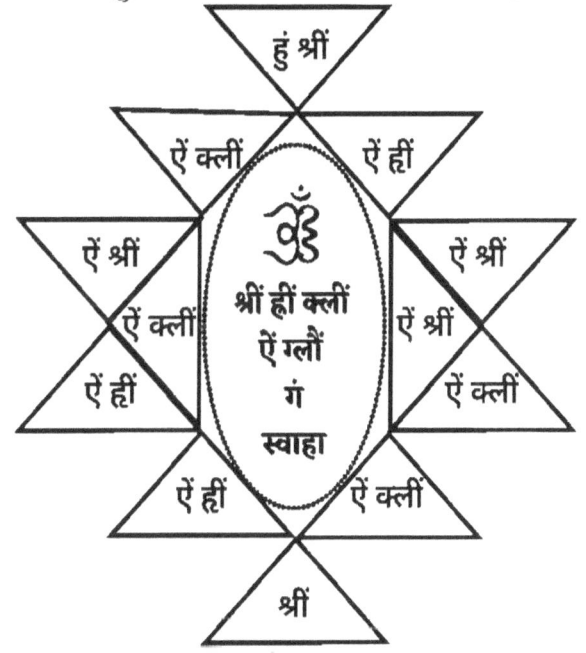

सर्वमनःकामनाः पूर्णाय कुटुंब प्रीत्याः हितार्थे ;
सर्वविघ्नबाधाः हृत्वा कल्याणं योग्यतां प्रदेहि ।
ॐ

* दर्शन और ध्यान से सम्पूर्ण लाभ प्रदान करने वाला श्री चित्रगुप्त महायंत्र

ब्राह्मण, क्षत्रिय, वैश्य, शूद्रं च कर्मरूपम्।
चित्रगुप्तवंशीय द्वादश गौड ब्राह्मणाः॥
यस्य कीर्तिश्चन्द्र सूर्येव अक्षुणम्।
प्रकृत्या ध्यानस्थ अयमेव कायस्थाः॥

ब्राह्मण, क्षत्रिय, वैश्य और शूद्र कर्म के रूप हैं।
चित्रगुप्त वंश के बारह गौड ब्राह्मण हैं।।
जिनकी कीर्ति चंद्रमा और सूर्य के समान अक्षुण्ण है।
यह स्वभाव से ही ध्यान में रहने वाले कायस्थ हैं।।

Brahmane, Kshatriya, Vaishya et
Les Shudra sont les formes du karma,
il y a douze brahmanes Gaud de Dynastie Chitragupt.
Dont la renommée est aussi
ininterrompue que celle la lune et le soleil,
ce sont les Kayasthas qui sont méditatif par nature.

LA CHITRA

यह संपूर्ण सृष्टि जगत जो चित्र रूप से दृष्टिगोचर है। व्यापक ब्रह्म प्रकट रूप से "चित्र" नामक एक वैदिक देवता।

Cet univers tout entier est visible sous la forme d'une image. Le Brahma ambiant est manifestement une divinité védique appelée " Chitra ".

> ब्रह्माण्ड-सद्-गुणाज्जात-श्चित्रोऽहं मनुकारकः।
> मया ततं च त्रैलोक्यं स्वायम्भुव नमोऽस्तुते ॥

मैं ब्रह्माण्ड के सत् गुण से उत्पन्न, मनुओं का बनाने वाला चित्र हूँ और त्रिलोक व्यापी उस स्वयंभू को नमस्कार करता हूँ।

Je suis l'image créée par le Sat (Sattva)-guna de l'univers et le créateur de Manus. et je salue celui qui existe par lui-même, celui qui est omniprésent dans les trois mondes.

चित्र (पु) (सं) १– रेखाओं अथवा रंगों द्वारा बनी हुई किसी वस्तु की आकृति । तस्वीर । २–प्रतिकृति (फोटो) । ३–मस्तक पर चन्दन आदि का चिन्ह। ४– सजीव और विस्तृत विवरण । ५–अलंकार का भेद । ६–काव्य का एक भेद जिसमें व्यंग की एक प्रधानता नहीं रहती । ७ आकाश । (वि०) १ अद्भुत २– रंग–विरंगा ।

Figure (masc.) (n) 1- La forme d'un objet composé de lignes ou de couleurs. Image. 2- Réplique (Photo). 3- Marque de bois de santal, etc. sur la tête. 4- Description vivante et détaillée. 5-Type de dispositifs poétiques. 6-Distinction de la poésie dans laquelle il n'y a pas de prédominance de satire. 7 ciel. (verbe) 1-Incroyable 2- Coloré.

Sant Kabir Saheb
Kabir Das
1398–1518

Swami Vivekananda
Narendranath Datta
1863 – 1902

Rajneesh Osho
Chandra Mohan Jain
1931-1990

कर्मण्येवाधिकारस्ते मा फलेषु कदाचन ।
मा कर्मफलहेतुर्भुर्मा ते संगोऽस्त्वकर्मणि ॥

You have the right only in doing your duty, never in its results. That's why neither be attached to the result of your work not to indolence.

Lord shree Krishna

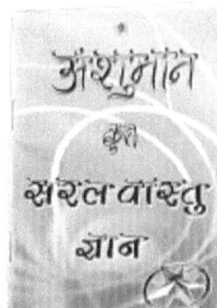

A PROPOS DE L'AUTEUR

Anshuman, résident de Gorakhpur, Uttar Pradesh, Inde. Écrivaintraditionneltraitant de différentssujets, il exprime son point de vuenovateur sous saforme naturelle, à travers l'écriture. Reconnu au début du vingt-et-unième siècle (2003) grâce à sa première publication, "Prem ,Ank aur Vivah", Amour, Nombre et Mariage. "Saral Vastu Gyan" (2006), version anglaise (2021). "BRAHMAYAM" - Livre de Psychiatrie . Vous obtiendrez des informationscosmiques, spirituelles et unevéritable façon de vousrencontrer. Auteur par défaut !

www.ingramcontent.com/pod-product-compliance
Lightning Source LLC
LaVergne TN
LVHW041534070526
838199LV00046B/1664